나는 불타고 있다

손석호
경상북도 영주에서 태어났다.
1994년 공단문학상, 2016년 『주변인과 문학』을 통해 시인으로 등단했다.
시집 『나는 불타고 있다』를 썼다.

파란시선 0072 나는 불타고 있다

1판 1쇄 펴낸날 2020년 12월 5일
1판 2쇄 펴낸날 2021년 6월 10일
지은이 손석호
디자인 최선영
인쇄인 (주)두경 정지오
펴낸이 채상우
펴낸곳 (주)함께하는출판그룹파란
등록번호 제2015-000068호
등록일자 2015년 9월 15일
주소 (10387) 경기도 고양시 일산서구 중앙로 1455 대우시티프라자 B1 202호
전화 031-919-4288
팩스 031-919-4287
모바일팩스 0504-441-3439
이메일 bookparan2015@hanmail.net

ⓒ손석호, 2020, printed in Seoul, Korea

ISBN 979-11-87756-85-9 03810

값 10,000원

*이 시집은 (주)휴웰의 창작 지원금을 지원받았습니다.

나는 불타고 있다

손석호 시집

시인의 말

어떤 이름을
부르면
불이 붙는다

당신이 불타고 있다

차례

시인의 말

제1부

마포대교 ‒ 11
온산공단 ‒ 12
승강장 9-4 ‒ 14
극야 ‒ 16
우화(羽化) ‒ 18
세상 밖의 가족 ‒ 19
줄타기 따방 ‒ 20
절개지 ‒ 22
목발 ‒ 24
타워크레인 ‒ 26
무한궤도 ‒ 28
울음을 미장하다 ‒ 30
틈 ‒ 32
거푸집 ‒ 34
기어 박스 ‒ 36

제2부

구속 ‒ 39
내성천 ‒ 40
그해 가뭄 ‒ 42
장생포 ‒ 44
간고등어 ‒ 46
난전 ‒ 48

하회탈 – 50

홀로 – 52

겉을 적신다는 건 – 54

장터 – 56

파 – 58

들돌 – 60

목욕탕 – 62

제3부

노숙 비둘기 – 65

모기 – 66

투잡 대리기사 – 68

골목 – 70

옷 – 72

닭장 – 74

목련 – 75

견고한 낙화 – 76

흥부를 기안하다 – 78

긍정적인 학교 – 80

세검정 – 82

자하문 – 84

동양방앗간 – 86

수박 고르기 – 88

3-Ⅱ-72#220 – 90

제4부

시큰거린 이유 – 95

상실의 굴뚝 – 96

채널을 돌리는 저녁 – 98

우울증 – 100

윤동주 시인의 언덕 – 102

질주 – 104

자문밖 – 106

숟가락 – 108

자판 – 110

가벼운 이별 – 112

저편 – 113

희방사역 – 114

입술 – 116

발 – 118

해설

김영범 존재하는 부재(不在) – 119

제1부

마포대교

추락하는 게
질문 많은 내게 대답하는 것 같아

망설이는 오후가 수면에 발자국을 내는 동안
호주머니 속 출렁이는 우울

흐릿해지고 싶어 눈물 커튼을 펼쳐도
고드름처럼 자라나 찌르는 햇살

건너도 또 다른 건너편이 지켜보고 있고
지금이 어제 읽은 일기 같아

돌아보면
내게 둘러져 있던 내가
잃어버린 목도리처럼
말없이 내 몸을 벗어나 있어

내려다보는 즐거운 통증
내게는 난간이 없다

온산공단

젖은 풀도 못 되면서 마른 장작인 양 불구덩이 곁을 서성거리던 시절, 공단로 사거리에서 길을 잃곤 했다

굴뚝이 내뿜는 화염이 밀려오는 어둠을 끝없이 태웠고 새어 나오는 내 속의 어둠을 움켜쥐고 망설이다 보면 해는 떠올랐다 돌아가지 못한 샛별이 공단로 야적장 뒤편으로 숨어들면 나는 바둑판처럼 그어진 길을 따라 바둑알처럼 규칙적으로 던져졌다 싱싱한 것처럼

닦달하던 목숨이 정의가 죽어도 슬프지 않았던 내게 줄을 튕기고 담벼락을 쌓고 갇히는 하루, 나 대신 슬픔을 가래침처럼 뱉어 주는 굴뚝을 종일 지켜보고 있었다

블록 같은 관계와 정해진 사람들을 억지로 조립하고 날이 갈수록 많아지는 모서리, 모서리를 따돌리다 지치면 바람이 방향을 바꾸고 연기는 굴뚝의 허리를 갉아먹었다

야근을 마친 동료들은 굴뚝을 등지고 걸었다 우리가 태웠던 것이 무엇인지 연기가 되어 어디로 흘러가는지 궁금하지 않은 사람처럼

어느 날 내게 불이 붙었는데 연기가 피어오르기도 전에 더 깊숙한 곳까지 불이 번지지 않게 끼니의 뒤꿈치로 비벼 끄며 공단을 빠져나왔다

한참이 지나서야 굴뚝이 가지고 있었던 높이가 생각났다 형은 화장해서 온산 바다에 뿌렸다고 했다 굴뚝이 아닌 나는 여전히 멀리 볼 수 없고 단지 조금씩 타고 있을 뿐이다

●온산공단: 울산광역시 울주군의 공업단지 이름.

승강장 9-4

역사 밖
핏발 선 비둘기 발가락에 꽉 쥐어져 있는
검푸른 새벽의 입술
느린 어둠의 부스러기를 쪼아 대며
스크린 도어 안쪽을 들여다본다

희망이 버거울 때
느슨해지지 않게
절망을 조이고 있었다
공구의 금속 면에 삐뚤어지는 햇살
바로 세우려 잠깐 고개 돌릴 때
당도한 마지막 눈부심

지독한 슬픔은 예고 없던 열차 같아
눈물을 데리고 오지 못한다
그런 슬픔은 눈물이 금방 오지도 않아서
동공에 망치질을 한다
스크린 도어 깨지도록

문틈에 끼어 퍼덕이는 바람의 죽지

열리지 않는 세계
열차 소리를 타고 오래된 눈물이 도착하고 있다
내릴 곳은 추락의 방향
깜박여야 한다

철로에 달라붙어
날아가려 애쓰는 꽃잎 한 장
파르르
쪼그려 앉아 있다

네 잘못이 아냐
훨훨 날아가렴

●승강장 9-4: 2016년 계약직 청년의 목숨을 앗아 간 구의역 사고의
스크린 도어 번호.

극야

태양의 인력에 묶여 있는 지구처럼
돈다, 팔아야 할 하루의 굴레를 굴리며
어제는 지는 해를 당기는 방향으로
오늘은 뜨는 해를 당기는 방향으로
낯선 우리에게 팔목 밴드와 우비를 팔고
익숙한 이웃인 양 건강과 날씨 얘기를 건넨다
때론 서먹하게
내가 내선 순환선일 때 그는 외선 순환선
교차하며 멀어진다
수십억 년 후에야 다시 스칠 행성처럼

자전이 계속되는 동안
밤과 낮 대신 세 번의 지상 구간과 지하 구간이 반복되
는 2호선 공전궤도
그의 주름 속에도 오래된 기울기가 있고
견뎌야 할 위도가 높아
표정이 드러나는 지상 구간에선 백야처럼 창백해지고
지하 구간으로 급하강하며 어두워지는 얼굴
아무도 울지 못하게, 먼저
쇠바퀴가 터널에 비명을 지르며 별똥별을 뿌린다

저물어 공전궤도를 이탈하는 자전
어디쯤일까
목을 꺾어 우주에게 물었는데
어제처럼 스피커가 신도림역이라고 알려 준다

문턱을 타 넘는 마찰음
벽지에 그려진 얼룩 별을 흔들어 깨우고
돌던 지구가 멈추고 자전축이 부러진 것처럼
굴레 쓰러진다
물끄러미 지켜보던 쪽방 미닫이창
다시는 밝아지지 않을 것처럼 캄캄해진다

우화(羽化)

　한 번도 날아 보지 못했던 당신, 앰뷸런스가 모시나비
처럼 오르락내리락 고개를 돌아 나가고 유서를 대신하는
냄새가 문밖으로 빠져나온다 명치끝을 꾹꾹 눌렀던 천정
의 형광등이 오랜 용화(蛹化)의 얼룩을 내려다본다 기다림
의 등이 휜 것처럼 출입문 쪽을 응시한 머리 흔적 누구를
기다린 걸까

　삶을 벗어 놓고
　빠져나가는 일이
　꽃 피고 꽃 지는 일보다
　아팠다는 것을
　몇 령의 고독을 바꿔 입어야
　덤덤해질 수 있었는지

　아무도 비행을 보지 못했다

세상 밖의 가족

왜 저한테 연락하신 거죠

주검도 주거지가 있다

가족이라 연락드렸습니다

죽어도 떠도는 주거지가 있다

딸이지만 가족은 아닙니다

마주 볼 수 없었던

세상의 안쪽

줄타기 따방

매달린 세상의 등산법
내려가는 등산이 있다

바람의 이파리 털어 운세 점치며
발목 묶인 새처럼 스스로 묶인다
내려다보면 자궁 밖 같아서
탯줄처럼 놓지 못하고
종일 휘파람새 흉내 내며 부르는
군데군데 울음 매듭진 트로트풍 노래
밧줄에 꼬인다
허공 딛고 빌딩 안 들여다보며
층층이 스치는 밟지 못한 유년의 계단들
초침처럼 발 뛸 때
어디선가 만났던 사람
닦다가 가볍게 노크하면 창 열어 줄 것만 같아서
장력의 만만찮음 견디며 유리 벽에 스스로를 그리는
동안
어느새 노을 뒤따라와 누구인지 알지 못하게 덧칠한다
지상은 잠시 시간을 놓는 산장
꽁꽁 묶인 하루 풀어놓고

다시 내려가야 닿을 수 있는 정상
닦아도 닦이지 않는 얼룩으로 눕는다
밤새 노래해도 메아리 없는 반지하방에서
날아오를 내일의 높이 가늠하며
태엽 감는다
산정 팽팽하게 압축되고 있다

●따방: 고층 빌딩 유리창 청소 일을 연고 없이 혼자서 하는 사람을 칭
하는 말.

절개지

나무가 베어지고
절토가 시작되면서
유선처럼 드러나는 지층의 켜
비탈에서 한나절을 견딘 그녀
굴삭기에서 뻗은 발이 절개지에 닿자
새가 비틀거리며 날아오르고
가슴을 도려낸
산그늘 실루엣,
구름이 물끄러미 내려다본다

옹벽을 쌓듯
그녀가 팔짱을 가슴 위까지 끌어올리고
젖이 돌기를 재촉하는 아이의 울음
종양의 뿌리 쪽 연약 지반을 굴착한다
꺼진 기초 블록처럼 그녀가 주저앉고
쇄골이 절개지의 잘린 뿌리처럼 삐져나온다
두 손으로 한 움큼의 침묵을 퍼 올려
퍽퍽 다지는 동안
토사처럼 가늘게 쓸리는 잔기침
비워 낸 자리로 당신이 기어들어

흔들리는 저녁의 사면
쑥부쟁이 균열을 꽉 붙들고 있다
베어진 것들의 얼굴이
입술을 깨물며
아물기를 기다리는 동안
이미 침하한 안쪽이 새어 나와
흥건하다

목발

절룩이는 톱질
통나무 옆구리가 쓸릴 때마다
팔뚝의 늘어진 근육이 산에 남겨진 벌목지의 뿌리처럼
움찔댄다
시멘트 바닥으로 토해지는 퍼석한 호흡
목공소 공허를 채워 나가고
가끔 팔뚝이 이마를 훔칠 때
톱니가 목장갑을 물고 들어가
시간을 지혈한다

오래전 세상을 등지고 거침없이 잘라 내던 그가
벌목장에서 배운 건
자르기 위해선 날을 세워야 하고
잘리는 건 날보다 무르다는 것인데
낯선 아이 찾아오고
톱밥처럼 눈송이 무겁던 날
안쪽이 날보다 물러졌는지
먼 산을 향해 누군가를 부르다가
메아리 도착하기도 전에
쓰러지던 밑둥치를 온몸으로 떠안았다

능선에 켜켜이 쌓아 둔 묵상을 찾듯
도시의 뒷골목에서 아팠던 계절의 층을 켠다
톱날이 주춤거리면 술렁이는 숲의 그늘
외딴 골짜기에 숨어들 동굴을 파듯
구멍을 파내고 숨소리도 스며들지 않게 쐐기를 박는다
오래 자른 자
생각도 토막 나
절룩이며 끝도 없이 잇고 마름질한다
스르륵 미닫이문 열리는 소리
목발이 낡은 발목을 내놓자, 놀란 바람
자르다 만 골목을 버려두고 먼지를 몰고 나간다

타워크레인

도시의 생태는 사바나를 닮아
적자생존 법칙이 완강한 들판
그의 눈이 높은 곳으로 진화한 건
기린의 긴 목처럼 순전히 먹이 때문
긴장의 발톱을 세우고 한 발 한 발 사다리를 기어오르자
밤새 굳은 타워 마스트를 툭툭 건드리는 햇살
운전실 창으로 팔을 내밀어 바람의 눈가를 매만지며
허공의 감정을 읽고
기린의 말간 눈으로 바라보는 고공의 먹이사슬
고공의 성격은 열대 초원의 우기나 건기처럼 변화무쌍
해서
귓바퀴를 세우고 표범의 발톱 같은 돌풍을 늘 경계해야
안전하다
삶을 끌어올린다는 건 중력을 역행하는 일
맨손으로 태엽을 감듯 긴장을 움켜쥐고
울음을 참을 때처럼 어금니로 바람의 꼬리를 물어야 한
다
홀로 서는 것의 안쪽은 먹구름 속 같아서
모서리마다 무심의 말뚝을 박고
먼 곳을 바라보는 눈에도 평형추를 매달아야 한다

눈이 높으면 고독의 높이도 높아
평정심도 풀거나 감아야 자리 잡을 수 있다
내려다보면 아찔한 발목이 으스름을 견디고 있고
그림자가 눈에 띄지 않게 허리를 꺾는다
멀리 산 위에 노을이 쌓이고
노을 위에 침묵이 쌓이고
내려가야 할 도시의 살갗이 아리다
후미진 골목이 전등을 끄고 뒤척이면
눕지도 앉지도 않고 서서 잠드는 그의 서식지에
별똥별이 하루의 경계를 긋는다

●타워 마스트(tower mast): 타워크레인의 수직 기둥 부분.

무한궤도
―컨베이어 사고로 숨진 비정규직 근로자 영전에

컨베이어 벨트 회전 방향을 따라
한 사람이 걸어가고 있었다
궤도가 무엇인지 모른 채
제자리에서 맴도는 동안
수억 년 묻혀 있던 석탄보다 단단한 가족들이
컨베이어 벨트를 타고 희미하게 이송되고 있었다
어디가 처음이고 끝인지 모를 일상의 무한궤도
생의 인력에 이리저리 당겨지고 쏟아지고
벨트를 돌리는 모터 소음이 하루를 칭칭 감고 있었다

열과 압력을 오래 견디면
태초의 숨처럼 뜨겁고
석탄처럼 다시 불붙을 줄 알았는데
굳어 있는 시선과
아귀를 풀지 못한 한 움큼의 질문들
기어의 맞물림 속으로 빨려 들어가 있었다
벨트 표면에 흩뿌려진 지워지지 않는 붉은 낱말과
궤도의 관성을 벗어나려 애쓰던 슬픈 발가락

깨진 들창으로 수억 년 전 무수한 우주의 눈빛들이 들

이치고
    달은 어제처럼 이를 악문 뒷면을 숨기고 있다
    태양은 여전히 지구를 내버려 두지 않아서
    궤도를 벗어나지 못한 채
    낮과 밤을 부스러뜨리며 기어처럼 우주에 맞물린다
    내게도 아직 버려지지 않는 궤도가 있어
    묘지로 가는 언덕에 올라
    두 눈 가득 퍼 담은 별을 먼 선로에 흩뿌리며
    탈선을 시도한다

울음을 미장하다

자기 얼굴에 책임을 질 수 있어야 한다는 말이 슬퍼서
웃었다
울음도 자주 울면 얇아져
미장 층처럼 거친 세상에서 쉽게 찢어지고
때론 낯선 지하도 바닥에 떨어져 덩어리째 아무렇게 굳
었다
울퉁불퉁한 초벌 바름 표면에 밀어 넣던
통증 부스러기 흩날리고
햇볕에 그을린 당신이 재벌 바름 되기 시작하자
무엇이든 세 번은 발라야 얼굴을 갖게 된다며 바빠지는
흙손
흙손 뒷면에 노을이 들이치고
붉어져 선명하게 드러나는 화상흔
예상치 못한 화재였다고 묻지도 않은 대답을 한다
아물 때마다 뜯어내던 눅눅한 당신과
욱여넣어야 할 요철 많던 삶의 벽면
정처 없이 떠돌며 표정을 미장했으나
얼굴에서 꺼지지 않는 화염
노을에 불을 붙인다
이마에 기댄 팔뚝을 타고 타오르는 붉은 손목의 감정들

어디든 지나가면 평평해지던 흙손을 놓친다

가까워지는 소방차 사이렌 소리
황급히 골목을 돌아 나가고 있다

틈

땡볕을 비집고 터지는 불꽃
메워지는 교각 블록의 붉은 틈
모난 안쪽을
채우면 비워지는 시간을 사랑하던 김 반장
슬픔의 용융점 6,000도까지 끌어올려
몸도 생각도 함께 녹인다
그의 잘못은 커지는 자신의 틈을 버려두고
타인의 균열을 땜질했다는 것
낮과 밤의 경계까지 때우며
누구를 위한 안부인지
동공에 쓰는 실금 편지
균열은 없을 거라며
되돌아온 안부를 두드리던 망치 소리
새 떼처럼 흩어지는 용접 슬래그
용접 비드가 유서처럼 드러났다
어차피 생은 틈을 만들고 채우는 거라던
그의 육신이 화장로에 피고 있다
눈물 창으로만 보이는 꽃
몸속에 뭉쳐 있던 틈을 붉게 풀어놓는다
떠나면서도 때울 곳을 찾는지

나는 불타고 있다

맴도는 시간의 그을음

밀폐된 모서리를 핥을 때

멀리 낯선 교각 위

누군가 벌어진 노을 틈을 용접하고 있다

●용접 슬래그(welding slag): 용접 작업 후에 용접 부위 표면에 남
는 찌꺼기.

●용접 비드(welding bead): 용접 작업 후 용접 슬래그를 벗겨 내면
나타나는 용착 부위의 볼록한 부분.

거푸집

빈터에 널브러진 거푸집
벗어 놓은 외투처럼 젖는다
비도 스며들지 않는 몸뚱이
차라리 녹이 슬겠다는 듯
움푹한 배를 하늘 쪽으로 내보이고 있다
그를 다독여 삶의 안쪽 면과 바깥 면을 만들 듯 일으켜
세운다
세상과 만나는 바깥 면과 자신을 대하는 안쪽 면 사이는
언제나 텅 빈 간격이 있어
무엇이든 채워 넣어야 한다
아픔은 시멘트 반죽처럼 불현듯 쏟아지는 것
넘어지지 않도록 지지대를 대고
감정의 표면에 기울기가 생기지 않게
표정과 내면 사이에 간격유지구를 연결해야 한다

언젠가 구멍 숭숭한 외투였던 적이 있었다
가는 비에도 흠뻑 젖었던 외투는 언제나 무거워서
벗어던지곤 했는데
그때마다 무언가 쏟아져
마르지 않던 안쪽은 쉽게 파이고

지지대도 준비된 그 무엇도 없었던 나는
사소한 말 한마디에도 쉽게 허물어졌다

지금, 거푸집 안쪽은 자잘한 알갱이들이 서로에게 말을
건네며
아프지만 엉겨 붙어 있다
서로를 견디며 아물지 않는 삶을 굳혀 가고 있다
다시 굵어지는 빗방울
허물 같은 거푸집을 벗겨 내자 드러나는 벽체
빗방울이 벽체의 어색한 표정을 훑는다
살아나는 것 같다

●간격유지구: 거푸집 사이의 간격을 유지하기 위해 삽입하는 건축 자재.

기어 박스

서로를 물어뜯고 있으면서 둥글게 웃고 있다 걸어 보지만 늘 제자리에 맴돌고 있는 너 나 어제 오늘 내일

물어뜯는 것들의 성격은 자연법칙처럼 정확해 네가 시계 방향으로 돌면 나는 반시계 방향으로 돌지 오늘은 어제와 다른 방향으로 돌아 보지만 내일은 다시 어제와 같은 방향으로 돌아가는 관계, 관계가 자재로 지어진 집은 비좁고 축축하다

어제의 해가 지면 오늘과 내일의 해는 저절로 뜨고 지고 도는 것도 멈추는 것도 두려워지고 그래서 우리는 서로를 놓치지 않으려 꽉 물어뜯는다

이빨 닳아 없어질 때까지 몇 생을 돌면 지구와 달과 태양과 별들처럼 허공에서도 얼굴 마주 보며 서로를 돌릴 수 있는 만유인력의 심장 갖게 될까

큰 기어에 맞물려 피동적으로 돌아야 하는 작은 기어의 아우성, 우주로 튕겨지고 싶어 오래된 회전축을 잡아당겨 보지만 꿈쩍하지 않고 그냥 돌아야 하는 박스 안

제2부

구속

고3이던 그해 늦은 사춘기가 찾아왔고 논을 갈던 우리 집 암소가 송아지를 낳았다 촌에서 공부 좀 한다고 읍내에서 하숙까지 시켰지만 송아지가 걸음마를 배울 때 오토바이를 탔고 송아지가 젖을 빠는 동안 옆집 누나의 부푼 가슴을 생각했다 송아지가 젖을 뗄 때까지도 어디로 튈지 알 수 없었지만 대학에 합격을 했고 송아지는 등록금을 남기고 집을 나갔다

여태껏 돌아오지 않는 무언가를 기다리며
막막한 들판 어디쯤에서
송아지 대신 뀀 코뚜레의 고삐를 잡고 있다

어디로 갔을까

내성천

오래전 아버지는 요소비료를 지고 건너다
내성천에 지게째 넘어지곤 하셨다
그때마다 무슨 말을 해야 할지 몰라서
억새처럼 중얼거리다 말랐다
언젠가 강물은 한 번도 마른 적 없었다는 생각에
부산까지 무작정 따라 흘렀는데
며칠 만에 돌아온 첫 번째 가출이었다

몇 년 전
야근 마치고 공장 문 나설 때
별똥별이 어릴 적 갱빈 쪽으로 붉은 줄을 그으며 불렀다
내성천으로 돌아와 눈물을 흘려보내던 강물에
늘어지던 구비가 많아
자주 강물의 뒤척임을 새벽녘까지 흉내 냈다
내성천은 매일 바뀌지만
눈치챌 수 없었다
늘 바라보고 있었기 때문에

오늘도 안개를 열고 나오는 아침을
무심히 마주 보다가

갱빈을 걸었는데
모래알은 가난처럼 쉽게 신발 안으로 새어 들고
농자금 만기일은 며칠 앞으로 다가와 있다

동사리가 발목을 툭 치고 지나고
강물이 대답 대신 무수한 모래알을 발등으로 흩뿌리고
침묵은 건널 때마다 정수리까지 차가웠다
내성천과 나란히 갱빈에 누워
미루나무 꼭대기를 올려 본다
예전처럼 꼭대기를 지나는 구름을 세고 있었는데

모래 한 줌이 젖었다

●갱빈: '강변'의 경상도 사투리.

그해 가뭄

　모를 내지 못한 칠월의 논바닥이 폐의 기관지처럼 허옇게 수없이 갈라졌다 억지로 삼킨 침이 식도를 막고 있던 종양 두덩에서 움찔대다 말랐다 마른 도랑을 파내는 삽날이 자갈에 턱턱 걸릴 때 깨진 숨소리가 입 밖으로 푸석하게 날렸다 손등으로 태양을 가렸으나 손가락 틈으로 맹렬하게 비집고 들어온 땡볕이 동공을 찔러 댔다 그의 발목이 산그늘을 매달고 다랑논을 걸어 내려오고 바싹 비틀어진 골바람이 절룩거리며 뒤따랐다 서치라이트에 드러난 축 늘어진 논둑을 삽자루가 지탱하는 동안 천공기가 저녁의 옆구리에 관정을 뚫었다 통증을 삼키는 굴착 소음 사이사이로 낭랑한 목소리가 밤새 어둠의 정수리에 정질을 해 댔다

　물꼬를 터라!
　써레를 달아라!

　삼우제가 끝나고 비가 내렸다 그가 내뱉던 환청처럼 세차게 논바닥을 두드렸다 써레가 지나가고 툭툭 삐져나와 있던 마른 흙의 울대가 허물어지다가 가라앉았다

그해 추위는 벼가 다 익을 때까지 오지 않고 멀리서 기
다려 주었다

장생포

어미 고래의 아랫배처럼 볼록하게 튀어나와
날마다 찾아드는 싱싱한 파도에게 젖을 물리는 장생포
비탈진 골목 꼭대기에 몸뻬 바지 입은 꽃무늬 등대 앉
아 있다
한동안 찾아오지 않던 고래를 기다리듯
지팡이로 등대 몸통을 지탱한 채
잦감처럼 비워진 젖무덤을 바다 쪽으로 축 늘어뜨리고
있다
난바다로 나간 아비가 돌아오지 않던 몇 해
새끼 고래처럼 매달리던 자식 때문에
리어카에서 삶은 고래 고깃덩이를 토막 내며 살았다는
그녀
언젠가 해체되던 어미 고래의 말간 눈을 본 뒤로
누군가가 떠올라 장사를 접었다며
낡은 닻줄같이 늘어진 팔을 휘젓는다
널어 둔 미역에서 떨어지던 바닷물 멎고
고래박물관 너머 풀어헤친 노을 저고리 사이로 붉은 젖
이 비치자
고래 숨구멍처럼 벌렁거리며 밀물을 몰아오고
젖이 불듯 금세 팽팽해지는 선착장

난바다의 배 속이 왁자하게 쏟아진 부두 저편 난간에
어선을 따라온 해풍에게 무언가 중얼거리며
저무는 그녀의 입술
어선이 젖을 빨듯 부두를 물고 출렁일 때
새끼 고래를 업은 듯 구부리며
다시 돌아온 고래처럼 아비도 돌아올 거라고
고래가 오래된 물길을 기억하고 있었던 것처럼 긴 항로
의 어디쯤에서
장생포를 얘기하고 있을 거라고
속삭이고 있는 것만 같다

간고등어

오른손이 의수인 그는
어선을 탔었다고 했다

노을이 도마 위 핏물을 벌겋게 덧칠하자
무쇠 칼이 고등어 배를 가르던 왼손을 놓아주었다
목장갑에 달라붙은 왕소금을 털어 낼 때
화구 밖으로 거세게 역류하는 화염
파르르 얼굴에서 출렁이는 난바다
석쇠를 뒤집는 팔뚝 근육이 로프처럼 팽팽하게 솟았다
한 번도 눈감지 않은 고등어의 눈알과 마주쳤을 때
연기 때문에 맵다며 갱빈으로 걸어 나갔다
내성천이 바다로 가는 물길을 보여 주자
꾹 깨문 입술 쪽으로 왕소금처럼 왈칵 뿌려지는 눈물
억새 무리 어둡도록 파도가 되어 주고
버들가지가 뺨을 훑어 주는 동안
강물이 이유를 묻지 않고 따라왔다
배를 가른 고등어의 안쪽 등뼈 같은
억새밭 샛길을 가로질러 돌아오며
눈가에 핀 소금꽃 털어 냈다
골바람도 나와 앉은 툇마루의 늦은 저녁상

숙성된 바다를 마시며 컴컴한 내성천에게
어떻게 고등어가 내륙으로 거슬러 올라와 익어 가는지
물었으나
새벽녘까지 희미한 물소리만 들려주었다

난전

청량리동 길가의 떼기밭입니다
도시라서 말끔하게 세수한 쑥 달래 냉이 씀바귀
달동네처럼 소복하게 모여 살아요
급하게 뜯어낸 푸성귀처럼
간신히 몸만 뜯어내 기차를 탔기 때문에
뿌리가 고향에 남아 있다는 생각 때문에
아직 뿌리내리지 못해 죄송합니다

사실은 바닥이 너무 딱딱했어요

빌딩 골 사이로 해 떠오르면
계절에 맞게 제철 푸성귀가 풍성하게 자랍니다
단지 뿌리내리지 못할 뿐
꽃 같은 게 피지 않을 뿐

등 뒤 도로에 차들이 쉼 없이 흐릅니다
강물에 뛰어들던 어린 시절처럼 몸을 던지고 싶을 때가
있지만
바라보기만 해요
조금 아플 것 같아서

어디로도 떠내려갈 수 없을 것 같아서

이곳에서 계속 푸성귀를 기르려면
소나기를 피하듯 단속원을 피할 줄도
밭을 통째로 옮기는 방법이나 가짜 안개로 은폐하는 요
령까지도 알아야 하죠
푸성귀보다 먼저 물러지지 않으려면
바람이 통하게 마음에도 고랑을 내야 해요

모두가 돌아간 뙈기밭
슬픔이 뿌리내리지 못하게
허공을 견디는 가로등

하회탈

땅과 바람의 얼기설기한 살결이고
토막 나고 깎여
세상을 살아 낸 얽히고설킨 표정이다
생각은 알 수 없으나
돌이나 쇠가 아니므로
속은 무르다

겉과 속이 다른 얼굴을 버리고 싶을 때
천년을 썩지도 않고 한 표정으로 기다리는
가면을 쓰고 타인이 된다
바꾸어 보는 신분과 표정
고개를 젖히면 턱이 벌어져 타인으로 웃고
고개를 숙이면 턱이 접혀 타인으로 찡그리며
구멍의 눈으로 바뀌지 않는 하늘을 본다
달아오르지 않는 나무의 체온
춤추다 보면
어느새 피안의 나루터 가까이 다가가 있고
언제나 정박해 있는 나룻배
타지 않고 매번 가면을 벗는다

강 건너 멀리
농부가 나룻배처럼 엎드려 논바닥을 젓고 있다
결에 박힌 작은 옹이같이
정지한 듯, 가는 듯

홀로

홀로 깬 실직의 한낮
밥이 홀로를 먹는다

박새 한 마리 찾아와 방에 창을 달아 준다

커튼 틈으로 칼처럼 밀고 들어온 햇볕이 방을 두 동강
낸다

건너편 홀로에게 말을 걸다가
홀로를 데리고 나와 홀로 걷는다

방충망에 붙은 매미가 안쪽을 구석구석 훔쳐보고 있다

홀로 어두워진 방
술이 홀로를 마신다

바람이 가끔 들러
몰래 옆자리에 앉은 어제를 한 명씩 데리고 나간다

홀로 누워

홀로를 덮는다

귀뚜라미 울음은 언제쯤 멈출까

잠이 홀로를 벗는다

겉을 적신다는 건

전깃줄에 내려앉은 텃새 한 마리
먼 산을 바라보며
비에 젖고 있고

그 아래 논둑에 올라선 아버지
벼 포기를 바라보며
젖고 있다

홀로 외줄에 올라선다는 건
아무도 모르게
꼭 쥐고 있어야 할 누군가가 있다는 것

젖을수록
팽팽해지는
저 평행한 외줄 두 가닥

겉을 적신다는 건
말라 있는 안쪽이 있다는 것

저무는 빈 전깃줄

그 아래 빈 논둑

이제 눈에 띄지 않는 곳에 앉아
안쪽도 젖어 있을 것이다

장터

여자가 장터로 들어서자 해가 뜬다
더덕을 펼쳐 놓는 동안
늘어진 난간이 뼈를 맞추고
달라붙은 어둠 털어 내는 계단
산그늘의 달력이 통하는 지하도는
땔감 없이도 종일 사람들을 내뿜는 아궁이다
불쏘시개로 앉아 날마다 낮게 지피며
벗길수록 깊어지는 삶의 옹이 파낼 때
목덜미를 꽉 잡힌 더덕의 놀란 눈
산의 뿌리 닮아 있는 그녀의 손가락을 본다
깔고 앉은 생활정보지 날짜가 월말로 접히며
농자금 대출이자에 눌린 날숨
저녁을 마중 나가고
손놀림 빨라진다
진액으로 듬성듬성 얼룩진 손등
손금마다 비탈밭 만들고
통증을 심는다
산의 알몸 한 봉지 받아 들며
더덕 향 짙은 날은 비가 온다는 말이 끝나자
지하도 입구에 비가 날린다

물컹한 나를 밟고 돌아설 때
벗어 놓은 털신 한 짝
산이 빠져나간 분화구 같다
막차를 보내고
잃어버린 듯
껍질 벗겨진 그리움이 젖어 가는 동안
털신 신은 작은 산
지하도를 빠져나와 산그늘 속으로 사라지고 있다

파

일찍이 땅에 뿌리내린 작은 허공
밭고랑 따라 줄지어 서서 가둘 수 없는 하늘 고집하고
비늘줄기에 욕심을 불룩하게 채워 넣은
한 뼘의 그늘도 만들지 못하는 이기적인 초록 몸뚱이
벼려도 둥그러지는 칼날로 하늘을 찔러 댄다
내성천 너머 비탈밭 고랑 긁는 소리
생장점 두드려 몸통이 비워지고
날고 싶은 몸통을 골바람이 걷어찰 때
먼지가 통증을 끈적하게 뭉친다

어둔 집의 시렁에 호미 걸리는 소리
문틈으로 보이는 툇마루의 어미는
숨죽이고 앉아 달의 뒷면에 다시 밭고랑을 내고 있다
밤마다 푸른 부레에 바람을 불어넣는 아들을 지켜보며
베갯잇 아래 젖은 고랑을 내고
부레가 찢어지지 않게 뾰족한 별을 골라 묻는다
기단을 세우듯 새벽마다 북을 올리고
기댈 데 없이 기울어진 줄기
양손 사이로 감싸 세우고 아픈 배를 쓸어 주듯 두드린다
허둥대며 진피를 살찌워 허공을 키우는 동안

끝도 없이 긁어내 가팔라지는 어미의 비탈
뒤돌아보는 미끄러운 삶의 표면은
맺혀 있어야 할 이슬마저 그냥 두지 않는다

어미 대신 밭고랑을 꽉 채운 허공들
봄의 생채기마다 진물을 뱉어 내며 행성처럼 둥그러지고
마침내 수많은 안테나를 펼치는 파꽃,

어미를 타전한다
일제히 터지는 은하수

별이 맵다

들돌

삼강 나루터에선
들 수 있는 돌의 크기로 품삯을 정했다고 한다
깍지 낀 손을 수없이 미끄러져 나갔을
크고 작은 들돌
저마다의 식솔을 악물고 들어 올린 채
허청거리던 허공을 얼마나 오래 버텼을까
살며 들어온 내 돌의 크기를 가늠하는 동안
병세 깊어진 아버지가 유심히 들돌을 바라본다
아직 들어 올릴 게 있는 걸까
아침마다 눈꺼풀 무게도 버거워하던 부끄러운 일상을
깜박일 때
바투 앉아 지나온 시간을 달래듯 쓰다듬는다
손끝과 침묵의 간극,
더는 미끄러지지 않아 다행이라는 표정이다
생은 깍지 끼고 꼭 끌어안아도 빠져나가는 것
무심코 들돌에 걸린 발등을 본능처럼 빼내 숨기며
들돌 너머로 미끄러지는 시선
억새가 갱빈을 끌어안는다
박힌 돌이고 싶어 아랫입술을 꾹 깨물고 바라보는 강가
아버지가 긴 깍지의 시간을 풀어 주듯 손가락을 씻고

강물은 미끄러지는 일이 섭리라는 듯
서녘 길로 윤슬을 흩뿌리며 흘러 나간다
갱빈에 앉은 나는
양손으로 들풀을 꽉 쥐고 있다

●들돌: 삼강 나루터에서 일꾼의 품삯을 정하는 용도로 사용한 크고 작
은 둥근 돌.
●삼강: 내성천, 금천, 낙동강이 합류하는 경북 예천군의 지명.

목욕탕

어느 집이든 깊숙이 들어가면
바랜 딱지만 다닥다닥 붙어 있는 빈 골목처럼 먹먹했고
휘는 지점마다 연탄재 쌓이듯 쉽게 때가 꼈다
가끔씩 찾아오는 일요일은
아버지의 엉킨 그늘 뭉치
내 몸에 낀 때를 비벼 밀어냈다
무엇이든 불리고 밀어내며 참았던 일이
휴식이었던 시절
가난의 속살은 언제나 빨갛게 부풀었다
따끔거렸지만 오고 있는 월요일처럼 자연스러웠고
시간은 몸속을 들락거리며 쉬지 않고 때를 만들었다

모래시계 속 자잘한 알갱이 같은
아득한 시간을 몇 번이고 뒤집어 봐도
당신은 억지로 떼어 낸 딱지 속 살점처럼 짓물러 있고
세상은 목욕탕 속처럼 아직도 뿌옇다
벽에 걸린 오래된 거울은
사는 게 쌓고 벗겨 내는 일이라는 걸 안다는 표정으로
아들에게 몸을 맡긴 아버지를 물끄러미 지켜보고 있다

제3부

노숙 비둘기

서울역 고가교 비둘기 집 아래
젊은 노숙자
비둘기처럼 산다
그의 우물은 어디인지
비밀스러운 비행 구역의 궤적은 모르지만
해 지면 돌아와 골판지로 사각 둥지 짓고
부칠 수 없는 편지처럼 눕는다
지켜보던 윗집 비둘기 한 마리
내려앉아
편지를 매달 발목을 내밀듯
구구구 구구,
구겨진 편지를 꼭 쥐고 잠드는 광장
광장의 고요를 견디는 역

모기

여름이었다
청와대 앞 길가를 걷고 있었다
보도블록과 밥벌이에 대한 뒷담화를 짜 맞추고 있었다
대화에 불쑥 끼어드는 돌멩이를 걷어찰 때,
고궁 담벼락에 튕기는 절규
억울하게 죽은 자식의 영정이 인쇄된 현수막을 가로수
에 매다는 아비였다
영정 속 아들이 물끄러미 아비의 눈가를 훔쳐보고
단정하게 바라볼 수 없는 난
마주치지 않게 걸어갔다
목덜미로 던져지는 집요한 밧줄
매듭을 묶어 당기는 호흡
무단횡단을 쫓아오던
붉은 신호등의 검은 영정들
종일 안쪽에서 깜박인다

집으로 돌아오는 늦은 밤,
영정 아래에 적힌 사연을 찬찬히 읽을 때
아비의 노숙이 텐트형 모기장을 펼쳤다
죽음보다

살아 있다는 것보다
모기가 무섭다

투잡 대리기사

첫 번째 출근은
밥을 위해
두 번째 출근은
별을 위해

첫 번째 퇴근은
누렇게
두 번째 퇴근은
붉어서 돌아온다

붉을 때마다 함께 걸어 주는
별
목을 젖혀야 볼 수 있을 만큼 높아서,
다행이다
목을 젖히면
누구와도 눈을 마주치지 않아도 돼서
눈물을 흘리지 않고, 그냥
말릴 수 있어서

생은 어차피 나가고 돌아오는 일

다시 나가지 않아도 될 때까지
다시 돌아오지 않아도 될 때까지
별을 딛고

거기
누군가 떠 있는 동안은

골목

사는 게 골목이라면
빨리 걸어 들어가고
아주 천천히 돌아 나올 수도 있겠지
힘들 때 한 번쯤 열린 대문 앞에 걸터앉아 쉴 수도 있고
어디쯤일까
물어볼 수도 있을 거라 생각했었지
걷는다는 것이 무엇인지 모른 채
기웃거렸던 마흔 즈음의 낯선 골목들
걸음마다 삐걱거리며
너라는 골목으로 들어가면
나라는 골목에서 늘 너만 빠져나갔다
힘겹게 구부러질 때마다
바람도 돌아 나가는 막다른 어느 모퉁이
목구멍에 걸린 무언가를 억지로 뱉어 내기 위해
선 채로 컥컥거렸다
후미진 골목 같은 나를 삐뚤삐뚤 돌아 나오며
어느 골목이든
들키고 싶지 않은 눈물이 있고
그곳에 꺼졌다 켜지기를 반복하는 고장 난 가로등이 있
는 이유를

고장 난 가로등의 꺼진 시간이 더 긴 이유를,
이제 조금 알 것 같다

옷

의도적으로 눈뜨지 않았다
옷장 문도 꿈쩍 않는다
서로 버티는 중이다
하지만 옷장 문을 열어 투옥된 그를 풀어 주어야 한다
밤새 짓무른 몸을 그에게 억지로 끼워 넣자
어느 날부터 격식으로 알고 지낸 넥타이가 목을 죈다

사무실은 사냥터
사막 같다
살아 있는 것이라곤 선인장처럼 키 재기하는 실적 그래프
저마다 한 평 남짓 벽을 쌓고
전화 속 누군가를 난독하며
물기 없는 사냥감, 활자를 쏟아 낸다
불안한 휴식이 웅성거리는 복도
자판기 버튼을 누르자
덜컹, 내가 떨어진다
올해 벌써 두 번째
대부분 비껴갔지만 옆자리 김 과장이 권고사직자 명단
에 올랐다
  늦은 퇴근길 한데 모인

소리 없는 소주잔
누구도 김 과장의 아이가 셋이라는 얘기를 하지 않았다

옷장에 그를 다시 가두고 나서야 겨우 몸이 빠져나온다
안쪽 깊숙이 들여다보면
매달리듯 견뎌야 하는 세상처럼 그들이 일렬로 매달려
있다
막 벗어 놓은 듯한 펄떡임과 한 번도 입어 보지 못한 일
탈도 거기에 있다
난 내일 준비됐어
일탈에게 말을 걸어 놓고
대답도 듣기 전에 몸의 닳은 올 풀린다
하루를 기억한 꾸김
아무 일 없었다는 듯 펴지고 있다

닭장

닭장 같은 아파트에서 살고 해 뜨기 전 깨어나지만 닭
처럼 소리를 지를 순 없다 지하철이나 버스같이 눈이 많
은 닭장 안에선 마주치지 않게 눈을 감아야 한다 캄캄한
창밖을 힐끔 쳐다볼 때면 여기가 안전하다는 생각에 안도
하기도 하고 닭장차를 내리면 사료를 기다리는 닭처럼 내
게 주어진 자리로 찾아간다 어쩌다 물을 마시고 하늘을 한
번 쳐다보기도 하지만 이내 닭장으로 돌아가 몸을 눕힐 저
녁을 기다린다 닭장에는 달이나 별 같은 건 뜨지 않는다
발가벗긴 채 컨베이어 갈고리에 거꾸로 매달려 허공을 떠
다니는 꿈 내가 낳은 것으로 착각한 달걀을 꼭 반숙으로
만 먹다가 문이 닫힐까 급하게 엘리베이터 안으로 뛰어든
다 휴! 닭장을 벗어났다고 생각하면서 닭장 안에 비친 얼
굴을 바라보고 있다

이미 점등된 버튼을 한 번 더 꾹 누르고 있는 한 마리 닭

목련

허공의 심장에 나를 벼른 칼끝을 꽂았다
다가올수록 더 세게 밀어 넣던 어느 날
푸욱 밀려 들어가는 텅 빈 당신

아픈 칼이 핀다

발밑에 구겨진 당신이 흙색으로 쓰러져 있다

견고한 낙화

감꽃 지던 마당에서
엄마 되는 게 꿈이던
오월의 아이는 청보리밭 두렁에서 파랗게 흔들렸다
소꿉놀이 밥상에 감꽃 밥을 차려 놓고
쓰러진 보리처럼 수상한 황변이 왔다
아파 보였지만 소리 내어 울지 않고
엄마처럼 눈빛으로 우는 걸 흉내 내고 있었다
늦은 봄비 소란스러운 밤
비 갠 마당에 찍힌 의문스러운 발자국에 빗물이 가득
고였고
감꽃이 흥건했다

대문 밖 청보리밭을 바라보는 동안
툭 툭, 양철 지붕에서 터지는 빗소리
처마로 떨어진 감꽃이 도르르 눈앞으로 굴러온다
모든 꽃이 낱장 꽃잎으로 부서져 날아갈 때
감꽃은 온몸으로 지고
오래 참은 비꽃처럼 무겁다
해마다 아이는 감꽃처럼 견고하게 오고
내 안의 얇은 지붕을 밤새 두드린다

오월의 밤은 뀄 것이 많고
쉽게 허물어지지 않는다

흥부를 기안하다

임대차 계약이 끝나는 유월이 다가오자
두 딸 재잘거리듯
제비 새끼 재잘거린다
처마 밑에 쌓인 제비 똥
밥상에 반찬으로 차려져
제비집에 쪽마루 달다가 늦은 출근
뒷머리 긁적이며 앉은자리에
장맛비가 종일 못질을 한다
술잔으로 예상 강우량이 넘치고
질겅질겅 씹던 사직서
어금니에 박혀 빠지지 않는다
세 평 남짓한 방에서
세 평 남짓한 요행을 덮고
제비 다리 부러뜨리려는 기안
아침까지 결재되지 않는다
대문을 어제처럼 허겁지겁 나서며
독촉장 수북한 편지함 뒤질 때
전깃줄에 앉은 제비 한 마리
야윈 등을 빤히 쳐다보며 이리저리 고개를 돌리고 있다
텅 빈 골목을 빠져나가는 동안

녹슨 대문이 몸의 개구부에 매달려 오래 삐걱거렸다

긍정적인 학교

다정한 복도
어제 뜯어낸 자리
또 거미줄이 쳐 있다

낙천적인 교실
발갛게 읽어 주고
파랗게 받아 적는다

관대한 의자
어제가 다리를 꼬고
내일이 공손하게 치마 속을 들춘다

반듯한 칠판
맞춤법 틀린 오늘
즐거운 벽

내가 종을 칠게
유리창을 깨

그 신호에 맞춰

교문을 향해 뛰는 거야

열려 있을 것이라
생각하지 마

세검정

홍제천을 따라
굳은 눈물처럼 떠내려오는 꽃잎

음모는 칼을 씻고
흔적을 남겼다
그 자리로 거슬러 올라온 나를
바람이 베고 지난다

꽃잎도
피처럼 발등으로 떨어져

언제부터였던가
이토록
아프게 벤 것이

눈물샘 마르도록
생이 말라 가도
여전히 칼을 씻지 않는 슬픔

●세검정(洗劍亭): 서울시 종로구 신영동 홍제천 변의 정자. 인조반정 후
반정 인사들이 칼을 씻었던 자리라고 해서 지어진 이름.

자하문

나는 성문 밖 사람
조석으로 빨랫감을 들고 출입했다는 궁녀들처럼
성문을 통해 출퇴근한다
성문은 습성 같은 벽을 거느리고
축조된 견고한 틀 안으로의 진입을 강요한다
입구로 가는 길은 항상 오르막이고
가쁜 호흡은 의식이다
이 길을 걸었을 앞선 사람들에 대해
가쁜 호흡 때문에 뱉지 못한 생에 대해 생각한다
성문을 통과하며 오늘은 무엇을 열고 닫아야 할지
맞지 않는 외투의 단추를 잠근다
성문 안의 시작은 늘 내리막이고
가속도를 줄이지 않고 직선의 도로를 따라 직선을 흉
내 낸다
비탈을 구르는 모난 돌처럼 닳고 깨지며
이내 낯선 모퉁이에 고립된다
고립의 오후는 길어 객기가 움트고
웃자란 객기는 성벽을 넘는 일을 도모하기도 하지만
대개 성문이 열리기를 기다리다 밖으로 나온다
밖으로 나오는 소문은

이미 죽어 있거나 대부분 가난하며
밖으로 첫발을 내딛는 순간 현실로 돌아온다
이제 눈으로 보이는 성벽은 헐려 있지만
내 안의 성벽은 견고해
저녁이면 시든 소문이 되어
옛적 시체처럼 꼭 성문을 통해서만 밖으로 나온다

성문 밖에는 안이 궁금한 감나무 가지
하루를 견딘 내 어깨를 유심히 내려다보고 있다

●자하문(紫霞門): 서울 성곽 사소문의 하나인 창의문의 다른 이름.

동양방앗간

떠나고 떠나보낼 때
고개를 오르내려야 했던 시절
떠나는 마음과 보내는 마음이 층층이 쌓여
더 가팔라지던 자하문 고개
시장 안도 큰길가도 아닌 고갯마루에 방앗간이 있다
자하문 모퉁이에 홀로 앉아
올라와 내려가지 못하는 이별과 배웅을 반죽하고
떠나는 보따리에 몰래 넣어 줄 그리움까지
함께 찌다 보면 언제나 해가 짧았다
돌아보고 돌아보는
보내는 자와 떠나는 자의 얼굴이 보이지 않을 때쯤
창을 열고 하늘 쪽으로 떡 김을 퍼 올리며
여기라고 손을 흔든다
지금은 모두가 어색한 눈빛으로 쳐다보는 고갯마루 방
앗간
남몰래 시렸을 방앗간 옆구리를 돌아 내려가며
풀고 풀어도 끝없이 매듭지던 보자기 속 당신
씹고 씹어도 삼켜지지 않을
낡은 창에 써진 그리움을 호명한다

이바지떡 조롱이떡 인절미
찹쌀떡 송편 시루떡

●동양방앗간: 서울시 종로구 부암동 자하문 고갯마루에 있는 떡집.

수박 고르기

아무런 말없이 다가가
두드려 보다 껴안고 간다
소리를 껴안으면 문득 찾아오는 사람
걸어가며 두드리고 두드리면
구름처럼
소리 없이 떠가는 사람

수박처럼 두드려 보기만 해도
다 알 수 있다면
먼저 두드려 보고
이미 알고 있다고 믿는 어느 마음 모서리를 세모나게 따
내
붉은 속마음을 확인하고 싶다

당신에게서 어떤 소리가 나는지

내게선 어떤 소리가 나는지

귀를 세우다가
골목의 낯선 발자국에도

자주 잠이 깨고
어떤 소리도 익숙하지 않아
아무것도 껴안지 못하는 밤
억센 담쟁이처럼 살점을 파고들어 모르는 곳으로 뻗어
나가고
소리 나지 않는 나를
멍이 들 때까지 두드렸다

3-Ⅱ-72#220
—김환기 미술관을 지나며

날짜를 매만지며
한쪽으로 기우는 퇴근길
1972년 2월 3일의 가슴은 붉었을까
진달래가 불붙은 동해의 어느 산을 오르는 상상과
얼굴 없는 몸뚱이를 품고 걷는다
푸른색은 바다일까 하늘일까
사람이라면, 캔버스 너머의 표정은 어떤 색일까
비스듬한 골목으로 들어서자
가팔라지는 박동
저편 경사면으로 또 다른 내가 힘겹게 올라간다
감정을 헛디뎌 엎어지는 순간
양쪽 경사면 아래로 뿌려지는 핏방울
일제히 내달리는 붉은 바람, 바람
빈 벤치에 앉아 불타는 가슴의 단추를 뀔 때
날카롭게 밀려드는 당신의 블루
세차게 충돌한다
터지고 깨지는 자잘한 응어리
번지고 스며든다
평평하게 경사지는 슬픔
평평하게 경사지는 그리움

날 선 바다의 소실점을 손바닥으로 누르고
골목의 바깥에서 붉은 가슴이 파래질 때까지
무언가를 참느라 흐려지는 밤하늘
가끔씩 깜박이는 눈이 별을 닦아 냈다
새벽까지 담벼락에 나를 그림처럼 세워 놓았다

●3-Ⅱ-72#220: '1972년 2월 3일, 작품 번호 220'을 의미하는 김환기
화백의 작품명.

제4부

시큰거린 이유

콧등에 기댄 안경을
손가락으로 쓸어 올릴 때, 문득
내 풍경이 누군가에게 등을 기대고 있는 것 같아
살며시 눈이 감겼다

언젠가부터 앙상한 풍경 속에
당신은 보이지도 들리지도 않아
억지로 기억해 낸 체취에 기대어 잠들곤 했는데
빗소리에 놀라 눈뜨면
체취는 항상 말끔하게 씻겨져 있었다

장마의 밤이었다
체취가 젖지 않게 마음속에 코를 닮은 오두막을 짓고
창을 활짝 열어 놓았다
며칠을 기다려도 아무 냄새가 나지 않아
창밖으로 목을 빼내 킁킁거렸다

콧등으로 빗물이 쏟아져 내리고 있었다

상실의 굴뚝

하늘이 회색에 몰두합니다

몰두가 깨질 때의 눈물을 받아 주는 지붕이 있습니다

지붕 위, 아궁이가 없어졌는지를 모르는 굴뚝이 있습니다

지붕 아래, 남편의 죽음을 모르는 아내가 있습니다

하늘은 굴뚝에 대해 의문을 품습니다

버릇이 된 기다림은 불을 피우지 않습니다

지붕 아래의 온도를 알 수 없습니다

침묵은 대문을 열지 않습니다

바깥 없는 창문이 열려 있습니다

네가 없었다면 애초부터 없었을 내가 믿는 고독은 견

고합니다

　상실을 이해한 텃새가 굴뚝의 옆구리에 집을 짓고 새끼
를 기릅니다

　상실은 대답이 필요 없어 공손합니다

　아궁이입니까

　연기입니까

　구름입니까

채널을 돌리는 저녁

표범이 가젤 무리를 노려본다

•

한 남자가 난간에 서 있다

•

표범이 어린 가젤의 목을 물고 있다

•

남자가 아스팔트 바닥에 널브러져 있다

•

표범 무리가 가젤의 살덩이를 뜯어내고 있다

•

사람들이 죽음을 에워싸고 있다

•

밖으로 솟구치는 피

•

몸 안에서 검어지는 피

•

배를 채울 먹이가 아니어서

통과할 수 없는

죽어도 죽지 않는 왕국

우울증

  모두 말라 있어 어디로 흘러야 할지 모르겠어요 길이 있기는 한가요

  같은 질문을 계속했지만 모른 척해서 이별을 고했죠

  마지막으로 호명해 볼까요

  바람 불어와요

  문 열고 온전히 맞았죠 기억의 모서리 닳아 날개 될 때까지

  흔들어 볼까요

  날아오르고 있어요 구름 위까지 올라가 날개 접어요

  떨어지기만 하고 땅에 닿지 않아 무서워요

  눈을 떠야 할까요

바람 얼굴색 잔잔하네요 아픈가 봐요

문을 닫아 가두고 내가 불어오면 되잖아요

시작과 끝의 길을 가로질러 문이 달려 있고 나는 야누
스의 문고리를 잡고 있어요

단지 감기 들었을 뿐이야 그렇게 말해 주세요

주머니 속에 화이투벤 만져져요

뚜껑도 문도 쉽게 열리지 않아요

윤동주 시인의 언덕

빵집은 고갯마루 구석에 있었다

고갯마루는 높아서 빵 냄새를 멀리까지 날려 보낼 수 있을 것이라 했다

여자는 창밖 고개 아래를 내려다보고 있었고 마름질하던 반죽에서 섞이지 않은 밀가루가 언덕 위로 흩날렸다

남자는 빵이 구워지는 작고 비좁은 오븐 대신 창밖 하늘을 올려다보고 있었다

여자는 배가 고프다고 말했고 남자는 아직 빵이 구름처럼 부풀지 않았다고 답했다

손에 빵을 가득 들고 있는 사람들이 찾아와 오븐과 가게의 내부에 대해 여자와 얘기를 나누다 빵을 두고 나갔다

해가 지자 여자는 떠오른 별을 커튼으로 가려 놓고 고개 아래로 내려갔다

가로수 가지가 커튼 틈으로 가게 안쪽을 들여다보고 있었고 오븐 속에 빵이 까맣게 타고 있었다

　남자가 무언가를 중얼거리고 문틈으로 술 냄새가 새어 나왔다

　바람이 성벽에 기댄 소나무를 흔들어 깨우고 별똥별이 언덕을 가로질러 지나갔다 아무도 봐 주지 않는 자문밖 일이었다

●자문밖: 서울시 종로구 자하문 밖의 동네를 부르는 이름.

질주

뿌리 없는 것들의 심장은 달린다

포식자의 눈을 피해 숨은 콘크리트 속
가로수의 발목에 어둠이 찰랑거린다
뿌리내리지 못해 움찔대는 발
오후 6시의 심장을 밟고
육중한 탐욕의 육면체를 가르며
내달리는 눈
관성과 싸우는 스키드 마크

뿌리를 갖고 싶어
흔들리며 구속될 자리가 있는

어디로 가는 번득이는 행렬인가
끝없이 출발과 도착을 가르는 중앙분리대
길은 갈라져 있고 그 속에서 갈라지는 사람들
터널, 비상구, 제한속도, 교량 구간, 연약 지반, 안개 주
의, 절대 감속……
폭탄처럼 안고 달려야 하는 것들
분기점에서 눈을 감고

다리를 쭉 뻗는다
밤새 나는 지구를 밀어내고
지구는 나를 당긴다

야행에서 돌아온 날은
몸속이 뿌리로 가득 차 있다

자문밖

감옥 담장 같은 조석고개
밧줄을 타듯 넘고도
건널목을 건너지 못하는 나는 문밖의 장기수

예보 없던 비가 건너편 무지개세탁을 세탁하고
빨간 오토바이가 무지개를 기다리고
신호등의 초록 박자에 맞춰
바지 주머니 속 엄지가 시계인 양 검지를 누른다
건너려 발목에 힘을 넣을 때
버스가 떠나고
날리는 몇 잎의 노란 그리움
타지 않은 내가 차창에 붙어 멀어지고

거리의 표정을 살피는 창
허공에 가을 색을 섞어 보고
위층 화실은 채색을 기다리는 스케치만 쌓이고
아래층으로 번지는 알 수 없는 얼룩
오후가 테이블 위 엎질러진 물처럼
흐르지 않으려 표면장력을 견딘다

지금이라도 버스를 타면
문 안쪽의 은밀한 침실까지 들어갈 수 있을까
비는 멈추질 않고
마를 기미가 없는
물렁해진 내게 다시 들이치는 슬픔

목덜미 빗물을 훑어 내며
스스로 재수감되는 고갯길
낯선 집의 창가로 돌아와 비친 안쪽 내가
문밖 나를 오래 지켜본다
감옥 면회실에서 대면하는 것처럼

●조석고개(朝夕-): 서울시 종로구 부암동에 있는 작은 고개 이름.

숟가락

말이 하고 싶으면
땅을 파요
깊은 곳엔 누군가 있을 것 같아

침묵하고 싶으면
묻어요
묻지 말아야 할 것까지

그럴 땐
말을 하고 싶지 않지만
다시 땅을 파요
숟가락을 찾아야 하니까

밥솥과 밥그릇이 나와요
뒤집어 쏟아 보고
숟가락이 아니어서
다시 묻어요

더는 묻는 게 힘들어
밥을 먹어요

숟가락을 잊고
맨손으로

가끔
침묵한다고 생각했는데
나를 팠어요
말을 하는 것이라 생각했는데
나를 묻었어요

구덩이 위에 올라가
꾹꾹 밟아요
돌을 올려놓아요

나 대신 숟가락이 발굴되겠죠

자판

꽃이 늦는 봄은 참을 게 많아서일까

ㅅ이 고장 난 뒤로
참을 게 많아진 나는 짧은 문장

짧아서 이해시킬 수 없는 아픔과 슬픔을
당신의 해쓱한 뒷모습을
꾹 누르고 있다

남은 모음은 모두 울음

ㅅ 대신 써 보는 ㄴ과 ㅇ
나랑, 아랑
날아 볼게, 알아볼게

사랑은 손끝에서 허물어지고
살아온 날이 어딘가로 가 있고
살아갈 날은 흩어진다

나 봄일까

여름이 다가오는데
나 봄일까

꽃봉의 귓불에 입술을 갖다 대고
숨을 참는다

긴 문장은 ㅅ 없이도 눈치챌 수 있을 텐데
짧은 문장이 밤을 누르고 누른다

나, 봄일까

가벼운 이별

곁에 있는 내가

무거워지면

나만

강가로 빠져나와

풀잎배로 접혀 떠나자

누구도

나도

태우지 말고

저편

무량수전 가는 길

가파른 계단 귀퉁이
얼굴을 가두는 수반

물속인데
젖지 않는 생각은 무얼까

저 밑바닥까지
가라앉았으면

저 밑바닥까지
가라앉았으면

희방사역

연화봉 너머
얼어 있던 별들은 다 녹았을까

터널을 빠져나오자
하얗게 날아오르는 사과꽃

지난겨울에 올라간 나는
하산 않고
군데군데 하얗게 남았는데

곧 기차는 도착하고
백 년 후 네가 뛰어오고
허물어지는 언덕

묘지 방향으로
기차가 떠나고
홀로 남은 역
입 꽉 다문 대합실

나무의자 옹이에

오래된 사과 냄새가 났다

입술

당신의 입술이 다가올 때
나는 아주 천천히 입술을 모으며
습관처럼 아랫입술이 윗입술에 가닿는 거리를
눈을 감고 가늠해 보았다

윗입술까지는 멀었고
무엇인가에게로 다가가는 동안은 입술이 바싹 마르고
무심코 내뱉는 말 한마디가
칼처럼 깊고 오래 박힐 수 있는 이유를 알 것 같았다

당신의 입술이 와닿을 때
입술 맛이 달콤하기도 뜨겁기도 하다고 말했던
그때가 가끔 부끄러워
머쓱하게 휘파람을 불었다

천천히 입술을 모을 필요가 없어진
몇 번의 겨울이었다
단지 찬바람을 막기 위해 입술을 다물다가
문득 당신의 입술이 생각나 울었다

울음을 오래 참을 때

아랫입술을 깨문 이를 윗입술이 덮어 한동안 감추어 주었고

그럴 때마다 혼자지만 맞닿을 수 있는 입술이 있다는 게 다행이라는 생각에

입술을 둥글게 모아 휘파람을 불곤 했다

발

움직이는 말입니다
맨발로 서성이는 건
혼잣말입니다
어제 쪽으로 마음을 열면
댓돌에 놓여 있는 짝짝이 당신
기다려도 돌아오지 않고
마당에 팬 오른발 자국 뒤꿈치
뱉지 못한 말이 고여 있습니다
왼발에 당신을 신습니다
당신을 조여 맵니다
내일 쪽으로 바라보지는 않겠습니다
모르는 길로 들어가고 있습니다
뒤뚱거리며 발자국이 따라옵니다
오른발은 맨발입니다
당신이 지금 어눌한 말을 듣고 있다면
곧 잠잠해질 것입니다

무언가를 신고 있을 때 길은 사라집니다

존재하는 부재(不在)

김영범 (문학평론가)

나는 거울로부터 내가 있는 장소에
내가 부재하다는 것을 발견한다
　　　　　　　　　　—미셸 푸코

　바르트는 『카메라 루시다』에서 자신이 태어나기 이전에 찍은 어머니의 '온실 사진'을 거론한 바 있다. 그녀를 기억하는 결하고는 전혀 '딴판인 옷', 그것은 사라져 버린 유행과 같이 그에게 '제2의 무덤'으로 비쳤다고 술회했다. 그런데 바르트는 이를 '본질적인 사진'이라고 명명한다. 그에게 "유일한 존재에 대한 불가능한 앎을 유토피아적으로 실현시켜 주었다"라는 이유에서였다. 그는 사진의 본질(eïdos)을 '죽음'이라고 보았다.[1] 인용한 문장의 목적어 '불가능한

---

1 롤랑 바르트, 『카메라 루시다』, 조광희·한정식 공역, 열화당, 1998, 개정

앎'이 자기는 알 수 없었던 어머니의 한 시절을 의미한다면, 서술부의 나머지는 '유토피아'라는 말로써 그것에 대한 목격이 사진이 없었다면 불가했음을 재차 강조하고 있다. 유념해서 볼 대목은 바르트가 직시한 것이 존재 이후가 아니라는 사실이다. 삶 이후가 죽음이라지만, 탄생 이전의 시간 역시 한 존재의 부재에 해당한다. 바르트가 실지로 응시한 것은 따라서 '시간'이었다.

그렇다면 '공간'은 어떤가. 푸코의 말은 언뜻 모순처럼 들리지만, 경험은 고개를 끄덕이게도 한다. 이를테면 거울에 비친 일상의 얼굴은 무표정하기 십상이다. 하여 여러 표정을 지어 보지만 이내 다시 어색해져 본 기억은 누구에게나 있을 터이다. 그 앞에서 이상(李箱)이 자아의 분열을 느낀 것은 그런즉 우연한 일이 아니었다. 주지하듯이 그 앞이 아닌데도 "거울속에는늘거울속의내가있소"라고 했던 그의 강박적 발언은 윤동주에 의해서도 변주되었다. 구리거울의 녹을 아무리 닦아 내도 거기에는 "홀로 걸어가는/슬픈 사람의 뒷모양"이 오히려 뚜렷했다. 거울에 비친 저기의 '나'는 이처럼 여기의 주체를 뜨악하게 한다. 거북함은 아마도 이른바 라캉의 거울 단계와 같은 과정을 끊임없이 반복하도록 몰아대는 '시간'도 원인이겠지만, 우리의 얼굴을 잠식하는 이것과 더불어 도처에서 조우하는 거울 때문이기도 할 것이다. 저 거울들은 주체가 그곳에 속하지 않는다는 사

판, p.74, p.81, p.23.

실을 낯선 '공간'에 선 낯익은 얼굴이란 불편한 조합으로 되비춘다.

사진과 거울이 결국 자기 자신을 바라보는 매개로써 기능한다면, 시는 여기에서 한 걸음 더 나아간다. 많은 경우 시는 그러한 성찰로부터 출발하는 까닭에서다. 그리고 시공간을 가로질러 유동하는 게 생이기에 우리에게 주어진 시간과 공간도 그럴 수밖에 없다. 손석호의 시집에 대략 세 부류의 시공간이 배경으로 등장하는 것은 이런 이유에서다. 요컨대 이들 시공은 그가 거친 고유한 인생 역정과 무관하지 않은 것이다. 하지만 삶의 특수성은 세계가 마련한 지평을 벗어나기 어렵다. 바로 이 점에서 시는 보편성을 획득할 가능성을 담보하게 된다.

무연고자들

시집 앞날개의 정보는 손석호의 원래 직업을 짐작하게 한다. 그런 만큼 그의 시에 노동자가 부각되는 것은 자연스럽지만, 꼭 그렇지만도 않다. 가령 「승강장 9-4」에서 "네 잘못이 아냐/훨훨 날아가렴"이라 했던 주체의 말은 단지 특정 계급의 입장에서 나온 것이 아니었다. 계약직 노동자에 대한 추모 열기가 보여 준 것처럼 청년이라 부르기에도 너무나 어린 그에 대한 연민 그리고 이어지는 "지독한 슬픔"이야말로 참으로 자연스러운 일이기 때문이다. 그러나 주지하듯 그리워하고 잊지 않기 위한 넋풀이는 근본적인 문제를 해결하지는 못해 왔다. 나열하기에도 벅차도록 수

많은 애도에도 불구하고 그랬다. 저 "핏발 선 비둘기 발가락"이 꼭 쥐고 있는 것은 산업사회의 구구한 추모사(史)일지도 모른다.

　이것이 손석호의 시를 넋두리로 읽지 말아야 할 까닭이겠다. 일테면 자전적인 시 「온산공단」의 핵심은 그 자신이 예의 역사 한가운데 있었다는 회고에 있지 않다. '형'이라 부르며 따랐던 동료, 그의 생명을 삼켜 버린 화재에서 주체가 겨우 빠져나왔다는 사실에 있다. 더 중요한 것은 그 일이 주체의 몸에 "단지 조금씩 타고 있을 뿐"이라는 환상통 같은 감각으로 새겨졌다는 점이다. 그렇지만 트라우마는 극복될 수 없다. 구의역 사고가 시사하듯, 그런 일들이 개인적이고 일회적인 게 아니라 사회적이고 지속적으로 유사-반복되는 탓이다. 역사는 "우리는 기계가 아니다!"라는 전태일의 외침을 기록했으나 박제화에 불과했고, 반세기가 지나도 악무한은 계속되고 있다.

　　　매달린 세상의 등산법
　　　내려가는 등산이 있다

　　　바람의 이파리 털어 운세 점치며
　　　발목 묶인 새처럼 스스로 묶인다
　　　내려다보면 자궁 밖 같아서
　　　탯줄처럼 놓지 못하고
　　　종일 휘파람새 흉내 내며 부르는

군데군데 울음 매듭진 트로트풍 노래

밧줄에 꼬인다

허공 딛고 빌딩 안 들여다보며

층층이 스치는 밟지 못한 유년의 계단들

초침처럼 발 뗼 때

어디선가 만났던 사람

닦다가 가볍게 노크하면 창 열어 줄 것만 같아서

장력의 만만찮음 견디며 유리 벽에 스스로를 그리는 동안

어느새 노을 뒤따라와 누구인지 알지 못하게 덧칠한다

—「줄타기 따방」 부분

　위 시의 '따방'은 고용 형태 변화의 극단적인 사례로 산
업재해에 노출된 노동까지 프리랜서화한 경우다. '운세'라
는 시어가 가르쳐 주는바 그에게 주어진 사회적 안전장치
는 거의 없다. 그렇지만 그것은 그가 "매달린 세상"이 허락
한 노동이다. 해서 그는 "스스로 묶인다". 그러나 그것만으
로는 역부족이다. 아찔한 높이를 당해 내기 위해서 주체는
줄을 단단히 부여잡고 흥얼흥얼한다. 한데 "군데군데 울음
매듭진 트로트풍 노래"는 그가 신세 한탄을 하고 있지 않다
는 것을 환기시킨다. 그는 자신의 상황을 충실히 견디고 있
는 것이다. 그러므로 '따방'이란 직업 자체는 주체에게 비극
이 되지 않는다. 누구나 자신이 할 수 있는 일을 하며 사는
덕분이다. "밟지 못한 유년의 계단들"이 그리 만들었다고
해도 마찬가지다. 그런 것들은 주체처럼 세상살이의 감정

들을 범박하게 녹여 낸 저 노래들로 다독일 수도 있다.

정작 문제는 따로 있다. 인용 마지막 네 행은 주체가 '덧칠'된 이, 곧 아무리 "스스로를 그리는" 노력을 해도 되레 지워지는 사람임을, 그리하여 저 아름다운 노을과 함께 사라지고 만다는 것을 보여 준다. 시인이 단 주(註)의 "연고 없이 혼자서"가 '따방'의 처지를 그대로 설명한다고도 하겠다. 관계가 없는 존재는 고립된다. 잊힌다. 마치 부재하는 것처럼. 이것이 실질적인 비극이다. 그러나 "발목 묶인 새"는 그만이 아니다. 무엇보다 이 세계가 한순간의 멈춤도 도태로 이어지는 '레드 퀸 효과(Red Queen Effect)'로 작동하는 까닭에서다. 은총은 없다. "내려가는 등산"을 하는 이들은 더 큰 가속을 받는다. 알다시피 '따방'의 거주지는 '반지하방'이다. 하니 "삶을 끌어올린다는 건 중력을 역행하는 일"이며, "홀로 서는 것의 안쪽은 먹구름 속"처럼 늘 뿌옇다(「타워크레인」).

하지만 절망이 곧장 나락으로 이어질 수는 없다. '따방'이 부르는 노래가 예시하듯 차라리 "세상과 만나는 바깥 면과 자신을 대하는 안쪽 면 사이" "표정과 내면 사이에 간격 유지구"를 두어야 한다(「거푸집」). "자기 얼굴에 책임을 질 수 있어야 한다는 말이 슬퍼서/웃었다"(「울음을 미장하다」). 이렇게 슬픔과 울음을 다루는 방식은 어쩌면 익숙하다. 그래서 추락하고 싶다는 생각이 불쑥 솟구치더라도 이상하지 않지만, 손석호 시는 그 순간의 "내려다보는 즐거운 통증"을 얘기한다(「마포대교」). 형용모순인 것 같으나 그렇지 않다. 주체는 물결에 일그러진 자신의 실루엣이 아니라 세계와 줄다리기를 하는 중이고, "내게는 난간이 없다"는 현실을 직시하고 있다(같은 시). 아직 지지 않은 것이다.

교란된 궤도

주체를 버티게 하는 동력은 그렇다면 뭔가. 손석호의 대답은 「무한궤도」에서 들을 수 있다. 권능을 휘두르는 "생의 인력"이 빚어낸 참극의 현장에서 주체는 "궤도의 관성을 벗어나려 애쓰던 슬픈 발가락"의 흔적을 목도한다. 클로즈업한다. "어디가 처음이고 끝인지 모를 일상"에서 망자는 안절부절못했겠지만 끝내 저렇게 좌초하고 말았다. "궤도가 무엇인지 모른 채". 허나 알았더라도 지금 발을 동동거리는 "석탄보다 단단한 가족들"을 위해 그는 "일상의 무한궤도" 위에 기꺼이 올랐으리라. 그러므로 암초 천지인 세계의 궤도에서 "탈선을 시도한다"라고 한 주체의 마지막 말은 바람일 뿐이다. 그럴 수 없다는 것을 "아직 버려지지 않는 궤도"란 구절이 힘껏 말해 준다. 뒤의 궤도를 놓치지 않으려면 앞의 그것을 벗어나서는 안 된다. 하지만 이러한 우선순위까지 교란하는 힘을 앞엣것은 어느 사이엔가 획득했다.

한 번도 날아 보지 못했던 당신, 앰뷸런스가 모시나비처럼 오르락내리락 고개를 돌아 나가고 유서를 대신하는 냄새가 문밖으로 빠져나온다 명치끝을 꾹꾹 눌렀던 천정의 형광등이 오랜 용화(蛹化)의 얼룩을 내려다본다 기다림의 등이

흰 것처럼 출입문 쪽을 응시한 머리 흔적 누구를 기다린 걸
까

　　삶을 벗어 놓고
　　빠져나가는 일이
　　꽃 피고 꽃 지는 일보다
　　아팠다는 것을
　　몇 령의 고독을 바꿔 입어야
　　덤덤해질 수 있었는지

　　아무도 비행을 보지 못했다
　　　　　　　　　　　　　　　―「우화(羽化)」전문

　　고독사가 가족이 해체되고 있다는 증거라는 데 이의를
제기할 사람은 없을 것이다. 위 시의 켤레라고 할「세상 밖
의 가족」에서 "딸이지만 가족은 아닙니다"라는 문장은 일단
이 점을 명시적으로 보여 준다. 그런데 딸의 말이 가리키는
바를 따라가면 상황은 단순하지 않다. 그녀는 '딸'을 생물
학적이고 법률적인 차원에서 사용했지만, '가족'은 비유적
인 의미로 썼다. 즉 이들이 '같은 조직체에 속하여 있거나
뜻을 같이하는' 관계가 아님을 그녀의 변명은 함축한다. 이
러한 강변(强辯)은 물론 이들의 갈등이 해소될 수 없었으며,
원인 제공자가 누구인지를 지목해 준다. 그러나 그보다 주
목해야 할 부분은 "마주 볼 수 없었던//세상의 안쪽"이라는

주체의 진술이다. 말하자면 이 가족은 서로의 "세상 밖"에서 살았던 것이다. 따라서 이산(離散)된 이들에 대한 책임은 각각이 속한 세상에도 있다. 비유적 가족 말이다.

위의 시에서 사자(死者)가 기다린 이를 혈연이라고 단정할 수 없는 데에는 「세상 밖의 가족」의 수면 밑에 깔린 전언이 한몫한다. 더구나 유서조차 없었다는 정황은 그이에게 마땅한 수신자가 없었다는 뜻이기도 하다. 하지만 그이의 주검을 확인하고 "용화의 얼룩"을 지우는 사람들이 공동체의 구성원이듯이, 그이도 그 일원으로 살고자 애썼을 것이다. 이것은 그이의 독처(獨處)가 증명하는 의외의 진실이다. 한없이 가라앉으며 "삶을 벗어 놓고/빠져나가는" 동안, 그러나 그이에게는 지푸라기 하나 없었다. "한 번도 날아 보지 못했던 당신"을 향한 주체의 연민이 뼈아픈 이유가 여기에 있다. 한 인간의 삶이 맞은 파국과 그것의 수습은 적어도 저 자리에 선 이들에게는 뉴스거리가 아니다. 그이의 성별도 나이도 드러내지 않은 시인의 의도는 그것들을 밝히는 게 무의미할 정도로 고독사의 사례가 다양해졌기 때문이겠다. 사태에 대한 진지한 수습이 없다고 탓하는 것이다.

그러나 손석호 시의 주체는 시스템의 교란에만 눈을 줘서는 제대로 된 갈무리가 요원하다고 여긴다. 당연하게도 과거로의 역행은 이치에 닿지 않는다. 해서 제2부 이후 여러 곳에서 그의 시가 표출하는 근원 회귀의 욕망이 향하는 시간은 궁극적으로는 미래다. 예컨대 "한 번도 눈감지 않은 고등어의 눈알과 마주쳤을 때"와 같이 홀연 자신의 과거와 현재가 조우하는 순간은 누구에게나 찾아오기 마련이다(「간고등어」). 그리고 제 코에 꿰어진 "코뚜레의 고삐를 잡고" 있다는 상상 속에서 "여태껏 돌아오지 않는 무언가를 기다리며" 선 주체의 모습은 자전적이지만(「구속」), "밤마다 푸른 부레에 바람을 불어넣"고 떠나온 자식과 "부레가 찢어지지 않게" 보살핀 부모는 그만이 가진 가족사의 한 장면이라 할 수 없다(「파」). "미끄러지는 일이 섭리라는 듯" 흘러가는 강물을 보며 병든 부친 옆에 앉아 움켜쥔 잡초의 다짐도 매일반이다(「들돌」).

　　　청량리동 길가의 뙈기밭입니다
　　　도시라서 말끔하게 세수한 쑥 달래 냉이 씀바귀
　　　달동네처럼 소복하게 모여 살아요
　　　급하게 뜯어낸 푸성귀처럼
　　　간신히 몸만 뜯어내 기차를 탔기 때문에
　　　뿌리가 고향에 남아 있다는 생각 때문에
　　　아직 뿌리내리지 못해 죄송합니다

　　　사실은 바닥이 너무 딱딱했어요

　　　　　　　　　　　　　　　　　　—「난전」 부분

　그런데 그렇게 떠나온 '우리'가 만난 도시는 같은 다짐을 한 '우리'가 건축한 것이었다. 그것의 견고함은 스며들 수 없는 장벽이었다. 시가 묘사한 청량리의 풍경이 농경사회와 산업사회의 경계처럼 느껴지는 이유는 달리 없다. 이 세계를 지배하는 궤도가 그때 만들어졌기 때문이다. 그것에 의해 '우리'들은 나누어졌고, 분열이 가속화되면서 공동체는 물론이거니와 가족까지 붕괴시키고 있는 실정이 아닌가. 한편으로 주체가 내뱉는 뜬금없는 사과는 정확히 말해 왜곡된 권력관계가 소외된 자를 오토마톤(automaton)화한 결과물일 것이다. 다른 시에서 주체가 노점에서 떨이를 사 줄 때와는 사뭇 다른 광경이다. 노점상이 건넨 말은 "더덕 향 짙은 날은 비가 온다"였다(「장터」). 사람다운 만남과 대화가 실종되지는 않은 것이다. "고장 난 가로등의 꺼진 시간이 더 긴 이유"는 "어느 골목이든/들키고 싶지 않은 눈물"이 있어서이며(「골목」), 이 비밀이 전해질 수 있는 세상이라면 여전히 희망은 남아 있다고 해야 옳다.

다시, '당신'과의 동행

몇 편의 시에서 손석호 시가 보여 주는 씁쓸한 유머는 자조에 가깝다. 하나 그것은 주체만을 겨냥하지는 않는다. 「하회탈」이 역설하듯이 고개를 들고 숙일 때마다 웃음과 찡그림이 교차하는, 오르락내리락하는 생의 널뛰기로부터 자유로운 이는 아무도 없다. 카뮈가 언급한 부조리를 해학으로 비튼 「닭장」이나 거기에 전래의 이야기를 더해 소시민의 암담한 생계를 담아낸 「흥부를 기안하다」 등을 남의 일로 치부하기란 어려운 일이다. 하니 시인이 노린 바가 바쁘게 살아도 막막한 신세이긴 매한가지라는 안도감은 응당 아닐

테다. 그보다는 그의 시가 넌지시 비치는 것은 그런 소시민들이 대다수라는 점이다. 이런 사실의 발견과 그들의 만남이야말로 희망이 솟아나는 지점이라 하겠다. 하지만 "내가 내선 순환선일 때 그는 외선 순환선"이란 「극야」의 진술이 예증하듯이 만남은 쉽지 않다. 게다가 어떤 마주침은 고통스럽다.

> 억울하게 죽은 자식의 영정이 인쇄된 현수막을 가로수에
> 매다는 아비였다
> 영정 속 아들이 물끄러미 아비의 눈가를 훔쳐보고
> 단정하게 바라볼 수 없는 난
> 마주치지 않게 걸어갔다
> (중략)
> 집으로 돌아오는 늦은 밤,
> 영정 아래에 적힌 사연을 찬찬히 읽을 때
> 아비의 노숙이 텐트형 모기장을 펼쳤다
> 죽음보다
> 살아 있다는 것보다
> 모기가 무섭다
>
> ─「모기」 부분

"지독한 슬픔은 예고 없던 열차 같아/눈물을 데리고 오지 못한다/그런 슬픔은 눈물이 금방 오지도 않"는다(「승강장 9-4」). 그럴 때 눈물이 당사자의 전유물일 수 없음을 이

시는 다시금 증언한다. 주체는 영정을 똑바로 보지 못한다. 자신이 흐트러지고 말 것임을 잘 알기 때문이다. 더욱이 '아비'를 더 울릴 수도 없는 노릇이다. 한즉 주체는 어둠으로 가릴 수 있을 시간에나 나타난 것이다. 이윽고 그의 시선을 사로잡는 일이 일어난다. 그리고 시는 "죽음보다/살아 있다는 것보다/모기가 무섭다"로 마무리된다. 보다시피 실제와는 공포의 순서가 뒤바뀌었다. 이러한 역전의 강조점은 착란 상태에 빠진 지금—여기의 근황에 있을 터이다. 모기에게 뜯길 정도로 궁지에 내몰린 슬픔의 현주소 말이다. 그럼에도 "아비의 노숙"은 저리도 꿋꿋하다. 그런고로 마지막 세 행의 느린 어조가 조성하는 울림은 일차적으로는 경악할 현실 앞에서의 무력감으로 다가오지만, 전도된 세상을 바로잡기 위해 아랑곳없이 자리를 펴는 '아비'에 대한 경외라는 묵직한 여진을 남긴다고 하겠다.

하지만 이러한 응답과 공명만으로는 부족했다는 사실도 확연했다. 엄연하게도 "세상은 목욕탕 속처럼 아직도 뿌옇다"(「목욕탕」). 비단 어느 누구에게만 요지경이 아니라는 것이 다행이라면 다행일까. 하늘과 바람과 별이 등장하는 「윤동주 시인의 언덕」은 세속적 가치가 장악해 버린 세상사를 남녀가 겪는 파경의 과정으로 알레고리화한 시이다. "창밖 고개 아래를 내려다보"는 여자와 "창밖 하늘"을 향해 고개를 든 남자. 제목에 근거할 때 남자의 눈은 자하문(紫霞門) 너머, 여자와는 반대편을 본다. 그리고 언급되진 않았지만, 예의 장소에는 「서시」와 「슬픈 족속」이 새겨진 바위가 앉았다. 따라서 손석호는 시에 대한 새로운 각오를 이 작품에 담았다고 할 수 있다. 조선인이 쓰고 신고 입고 동이던 사물들을 주어의 자리에 둠으로써 윤동주는 소외되고 억압받는 민족의 삶을 부각시키고자 했다. 그러면 손석호는 제 겨레에게까지 같은 취급을 받는 이들을 위한 시를 쓰겠다는 것일까. 시에 과연 그런 힘이 있다고 믿는 걸까.

> 움직이는 말입니다
> 맨발로 서성이는 건
> 혼잣말입니다
> 어제 쪽으로 마음을 열면
> 댓돌에 놓여 있는 짝짝이 당신
> 기다려도 돌아오지 않고
> 마당에 팬 오른발 자국 뒤꿈치
> 뱉지 못한 말이 고여 있습니다
> 왼발에 당신을 신습니다
> 당신을 조여 맵니다
> 내일 쪽으로 바라보지는 않겠습니다
> 모르는 길로 들어가고 있습니다
> 뒤뚱거리며 발자국이 따라옵니다
> 오른발은 맨발입니다
> 당신이 지금 어눌한 말을 듣고 있다면
> 곧 잠잠해질 것입니다

무언가를 신고 있을 때 길은 사라집니다

—「발」 전문

시집 마지막에 배치된 메타시다. 앞서 살핀 몇 편에서도
드러났지만, 손석호의 시에서 '발'은 중요한 의미를 지닌다.
이 시어의 상징적 의미는 「질주」에서 "뿌리내리지 못해 움
찔대는 발"로 집약되기도 했는데, 이것은 세계에 직접 닿
아 그것의 불모성을 모질게 겪어 내는 촉수였다. 하지만 이
시에서는 맥락이 좀 다르다. 이것은 이제 "움직이는 말"이
다. 아무것도 신지 않은 이것은 '혼잣말'이며 거처에는 여기
저기 "뻗지 못한 말"의 자취가 흩어져 있다. 과거에 얽매인
기다림의 무용을 깨달은 주체는 결단한다. '당신'을 찾아 나
선다. 그런데 그가 신는 것은 '당신'이다. 모순적 상황 같지
만, 독백이 아닌 경우에는 상대가 있어야 한다는 점을 상기
하면 된다. '당신'에게 다가가기 위해서는 '당신'의 신발, 즉
'당신'이 뱉어 놓은 말을 받아들여야 한다.

그렇게 '당신'과 만나 진실로 함께하는 순간, 길은 사라지
고 '당신'과 나의 동행만이 오롯해진다. 그러니 "어눌한 말"
조차도 필요가 없어질 터이다. 주체가 미래를 굳이 약속하
지 않는 까닭은 축적된 현재가 그것을 만들기 때문이겠다.
이같이 손석호의 시는 '당신' 그리고 우리에게 더 가까이 다
가올 준비를 하고 있다. 허나 고장 난 키보드처럼 소통은
자주 끊기고 또 어긋난다. "긴 문장은 ㅅ 없이도 눈치챌 수
있을 텐데" 시는 짧은 연유에서다(「자판」). 아니다. "실직의

한낮"이 이리 쉬이 찾아오는 곳에서는 대화 또한 다를 바 없을지도 모른다(「홀로」). "타지 않은 내가 차창에 붙어 멀어지고" "다시 들이치는 슬픔"을 절감하며 "감옥 면회실에서 대면하는 것처럼" 자신의 얼굴을 바라보는 이는 오직 손석호 시의 주체만이 아닐 것이다(「자문밖」).

존재를 개방하는 질문

손석호가 시에서 주체로 내세우는 이들은 대체로 농민과 노동자와 소시민 등이다. 당연하지만 그들의 터전은 고향과 산업 현장 그리고 서울이다. 여기까지는 특별할 게 없다. 그의 시가 가진 개성은 이들 시공간이 각각 농경사회, 산업사회, 정보화사회를 상징하는 곳으로 등장한다는 데에서 발휘된다. 이들 시공은 실상 벌써 단절된 것이 아니라 여전히 포개져 있다. 중심이 바뀌었다고 이전의 산업과 그것을 업으로 하는 이들이 사라질 리는 만무하다. 그러나 마치 그런 것처럼 취급된다. 지금-여기의 폭력성은 다른 데 있지 않다. 시집 곳곳에 포진해 있는 '발'과 '뿌리'의 이미지는 우리가 간과하고 있는 이러한 부재선고를 고발한다. 절룩이거나 매달리고 또 으깨진 참혹한 '발'들은 "아귀를 풀지 못한 한 움큼의 질문들"을 던지고(「무한궤도」), "뿌리를 갖고 싶어" 하는 이들의 존재를 알린다(「질주」).

이런 맥락에서 눈에 띄는 시어가 사투리 '갱빈'이다. 강박적이다 싶을 정도로 자주이지만 거의 유일하게 출현하는 이 경북 방언은 시인과 강하게 연결되어 있다. 그러므로 이

시어는 그 자체로 손석호에겐 고향에 상응한다 해도 무방하다. 한편으로는 지금-여기에 대한 헤테로토피아(Hetero-topia)이다. 그곳은 푸코의 말을 빌려 오면 "현실적인 장소, 실질적인 장소"이지만 "모든 장소의 바깥에 있는 장소"로서, "우리가 사는 공간에 신화적이고 실제적인 이의 제기를 수행하는 다른 공간들"의 하나인 연유에서 그렇다.[2] 그리고 증상이기도 하다. 라깡의 정의를 따르면 "실재의 세계에서 무엇이 문제인지를 보여 주는 신호"이기 때문이다.[3] 요컨대 손석호의 시에는 우리 앞에 놓인 세계라는 거울이 지워 버린 시공간과 존재들을 복원하려는 안간힘이 실려 있다.

2 미셸 푸코, 『헤테로토피아』, 이상길 역, 민음사, 2014, pp.47-48.
3 Jacques Lacan, *Le Séminaire Livre XXII: R. S. I.* in: Ornicar? n° 2., Paris, p.96. 홍준기, 『라깡의 재탄생』, 창작과비평사, 2003, p.18에서 재인용.